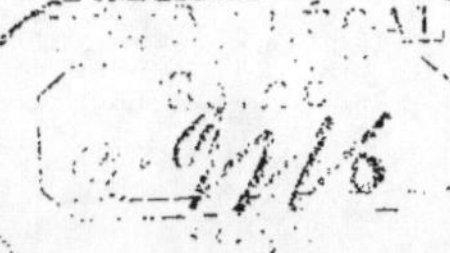

NAISSANCE

DE

L'HÉRITIER DU TRONE

ODE

DÉDIÉE A SA MAJESTÉ L'EMPEREUR

PAR

DEHAYS DES DÉSERTS

TROISIÈME ÉDITION

PARIS

DE SOYE ET BOUCHET, IMPRIMEURS

PLACE DU PANTHÉON, 2.

1857

NAISSANCE

DE

L'HÉRITIER DU TRONE

ODE

DÉDIÉE A SA MAJESTÉ L'EMPEREUR

PAR

DEHAYS DES DÉSERTS

TROISIÈME ÉDITION

PARIS

DE SOYE ET BOUCHET, IMPRIMEURS

PLACE DU PANTHÉON, 3.

—

1857

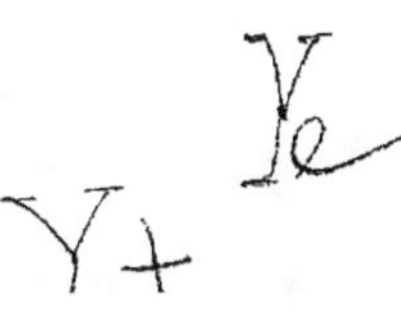

A SA MAJESTÉ NAPOLEON III

EMPEREUR DES FRANÇAIS

SIRE,

C'est un devoir sacré pour moi, lorsque se présente l'anniversaire de la naissance du premier-né des Enfants de France, que de dédier à Votre Majesté une Ode dans laquelle j'ai l'honneur de retracer un épisode glorieux de son règne. Cet épisode est celui de la guerre d'Orient.

L'Ode que j'ai l'honneur de dédier à Votre Majesté est l'expression des vœux que formait la France, le seize mars mil huit cent cinquante-six, au bruit du canon qui annonçait à l'Europe la naissance de Sa Majesté Impériale le Prince Impérial.

Je m'estimerai trop heureux désormais, si Votre Majesté a la bienveillance de porter un regard sur cette élaboration de ma faible pensée, et d'en excuser les imperfections.

Sire, j'ai l'honneur d'être votre sujet très-humble et très-dévoué.

ALBERT DEHAYS.

Paris, 15 mars 1857.

NAISSANCE

DE

L'HÉRITIER DU TRONE

ODE

A l'horloge des Tuileries
L'heure a sonné déjà huit fois ;
Le jour inonde les prairies,
Les champs voisins, Paris, les bois.
Ne sois désormais inquiète,
France ! Prends ta robe de fête,

A l'espoir conserve ta foi ;
Ne pense plus être orpheline,
D'en haut, la sagesse divine
Pour l'avenir veille sur toi.

Il est né, l'héritier du Trône,
L'enfant promis à nos destins,
Sur qui l'empire, sa couronne
Repose des espoirs certains ;
D'une Impératrice en estime
Et d'un Empereur magnanime,
Il vient de recevoir le jour.
Naissant aux souhaits de la terre,
Il dore l'espoir salutaire
Du sol qui fera son amour.

Et chaque aigle, orgueil de l'armée
Qui féconde en célébrité,
Dans la France enthousiasmée
Plane, symbole respecté,
Tressaille aux lueurs de l'aurore
De cet astre qui vient d'éclore.

Telle était fière, pour l'État,
Jadis une puissance antique,
Lorsqu'une gloire héroïque
Venait protéger son éclat.

Réjouissez-vous, ô génie
Du peintre, grand, spirituel !
O sculpture ! et toi, poésie !
Beaux-arts, qui descendez du ciel
Le front couronné de science,
Soleils ! dont s'honore la France,
Sachez vous réjouir en chœur :
Tel que ses aïeux magnanimes,
Patronisant vos feux sublimes,
Il sera votre protecteur.

D'un cœur dévoué pour le trône
Suivant les fidèles projets,
Aux dignités de sa couronne
Les Grands témoignaient leurs respects.
— Quand, sur le cours de ses années,
Le soleil de ses destinées,

Un jour, n'avait pas encor lui,
Les généraux, frangés de gloire,
Briguaient la faveur illusoire
D'incliner leur front devant lui.

Complétant ses esprits prospères,
Il suivra glorieusement
Les leçons doctes, salutaires
Du héros dont le dévouement
A sauvé des périls la France.
Instruisant son adolescence
Dans les vertus de gouverner,
Il apprendra dans ses études
De monarque, aux ingratitudes
L'art illustre de pardonner.

Il est né!... sous la gaze claire
Qui frange son berceau voilé.
Poétique enfant, à sa mère
Il sourit, le front étoilé!
Imprégnés du ciel qui les couvre,
Les murs et les jardins du Louvre

Ont pris des aspects radieux.
La Seine frissonne de joie,
Louant du Très-Haut qui l'envoie
La gloire en chant mélodieux.

Joyeux, saluant son aurore,
Tout l'Empire s'est réjoui
Devant son berceau qu'il adore ;
Devinant son futur appui,
Vous tonniez près des Invalides,
Bronzes, sur vos affûts solides.
Étrangers ! réjouissez-vous,
Que sur votre front se déploie
L'éclat de nos rayons de joie,
Ce prince nous est cher à tous !

Si, pour élargir les limites
Qui, fidèles au droit des gens,
Sont à leur royaume prescrites,
D'insatiables conquérants
Au sein de l'Europe inconstante,
Allumaient quelque lutte ardente,

Empereur noble et valeureux,
Il rétablirait sur leur trône
Vos voix qui devraient leur couronne
A son triomphe généreux.

Comblant les besoins de la terre,
Symbole admiré de la paix,
De l'olive hostile à la guerre
Son berceau promet les bienfaits ;
Son règne des moindres conquêtes
Ne provoquera les tempêtes
Pour s'emparer des nations,
Où campent, près de son empire,
Sous un ciel qui peut lui sourire,
D'inoffensives légions.

Vous qui propagez vos alarmes
Pour un époux ou pour un fils,
Femmes ! tarissez donc vos larmes :
Vos pleurs ne seraient pas compris.
Un héros pour eux vient de naître ;
Pour nous tous, il devait paraître.

Craignez-vous qu'il ne soit guerrier ?
Il l'est par le droit de naissance ;
Mais pour le bonheur de la France
Il n'aspire au moindre laurier.

Dans ses foyers le Turc est libre :
Sous la foi d'un nouveau traité,
L'Europe a repris l'équilibre
Qu'attendait sa prospérité.
Où sut triompher notre armée
Contre la Russie alarmée,
Le sol se couvre de splendeurs ;
Le peuple délivré d'entrave
N'appréhende plus d'être esclave,
Et la joie inonde les cœurs.

Sur ce Prince une garde veille
Plus fidèle qu'aux temps des rois.
Du Louvre, élégante merveille
Qu'achève Napoléon trois,
La rayonnante destinée
Luit sur sa tête fortunée.

Il en est l'heureux avenir;
Son sceptre y sera le gage,
Parmi l'européenne plage,
Du traité qu'il doit maintenir.

Toujours utile à l'industrie,
Élément de l'esprit français,
Pour le commerce et la patrie
Son bras n'oubliera point la paix,
Quand, alors d'une insulte altière,
Contre une puissance étrangère,
Il lui faudra venger l'honneur
De la nation glorieuse
Qui doit, partout, victorieuse,
Régner sous son sceptre vainqueur.

La lutte était aux Dardanelles :
Le Czar a fléchi : ses soldats,
Devant nos bataillons fidèles
Se sont éloignés des combats.
Le soleil où parut leur trace,
Ranime, illuminant l'espace,

L'essor des végétations;
Les moissons vêtent les campagnes,
Les troupeaux paissent les montagnes,
Sur la foi des conventions.

Les navires tendent leurs ailes
Au souffle rapide des vents,
Voguent, nageantes hirondelles,
Sur le front des flots murmurants.
Sébastopol, prompt au pillage,
N'intercepte plus leur passage.
Et le commerce en liberté,
Sillonnant partout la mer Noire,
A repris, devait-il croire ?
A ses ports son activité.

Ce Prince a répété l'étoile
Du vainqueur d'Ulm et d'Iéna,
Avenir auguste et sans voile !
Des aigles il perpétuera
L'existence longue et paisible.
Son sceptre d'or, inamovible,

Passant aux héros de son nom,
Accomplira, de gloire en gloire,
Les vœux qu'avait dans la victoire
Le pays pour Napoléon.

De son peuple il sera le père,
Ainsi que le sont les auteurs
De ses jours, parmi la carrière
Où l'attendent divers honneurs.
Aimé pour la munificence
De ses actes, pour la clémence
Et l'intégrité de ses lois,
Protecteur des arts et du temple,
Son règne deviendra l'exemple
A jamais du règne des rois.

Lorsque, roi des monts qu'il honore,
Un cèdre achève son destin,
Dans les plaines où naît l'aurore,
Un beau cèdre qui prend, peu lointain,
Dans la même souche origine,
Reproduit ses splendeurs, domine

Sur ce mont. Dans le cours des temps,
Le sort tronque-t-il sa carrière ?
A son pavois héréditaire
Lui succèdent des descendants.

Héritier digne de l'Empire,
Qu'édifia Napoléon,
Et de la France qui l'admire,
Les Muses inscriront son nom
Aux fastes nobles de l'histoire.
Leurs strophes rediront la gloire,
De ce Prince au bras souverain,
Ainsi que s'exprimait Virgile,
Du bout de son crayon habile
Pour Auguste, empereur romain.

Poursuivant la clémence heureuse
Qu'étant le moderne César,
Dont, sur la patrie orageuse,
Le temps lui remettra le char,
Jamais de leurs mains les Furies,
Secouant les torches impies,

N'allumeront des factions,
Aux soleils de son existence,
Les troubles, ni l'effervescence,
Source des dévastations.

A peine aux jets de la lumière
Entr'ouvrait-il ses tendres yeux,
Que, dans le ciel et sur la terre,
Les mânes chers de ses aïeux,
Ainsi que l'ombre du Grand Homme
Qui planta nos aigles à Rome,
Devinant sa célébrité
Qui doit maintenir leur mémoire.
Joyeux, ont tressailli de gloire
Aux plaines de l'éternité.

16 *mars* 1856.

Saint-Ouen du Tilleul (Eure.)